Mamá, ¡quiero un perro!

Sonia Saba

 Picarona

—Mamá, ¡quiero un perro!

—No, Inés, es muy poco original.

—¿Y un gato?

—No, un gato podría meter los bigotes en un enchufe.

—¿Qué te parecería un hámster?

—No, los hámsteres se pasan el día corriendo en la rueda, ¡no quiero ni pensar lo mucho que deben de comer!

—¡Uf! ¿Y un pececito rojo?

—No, mi amor, el rojo no pega con los muebles de casa.

—Pero ¡yo quiero una mascota!

—Entonces, ¡VAMOS AL ZOO!

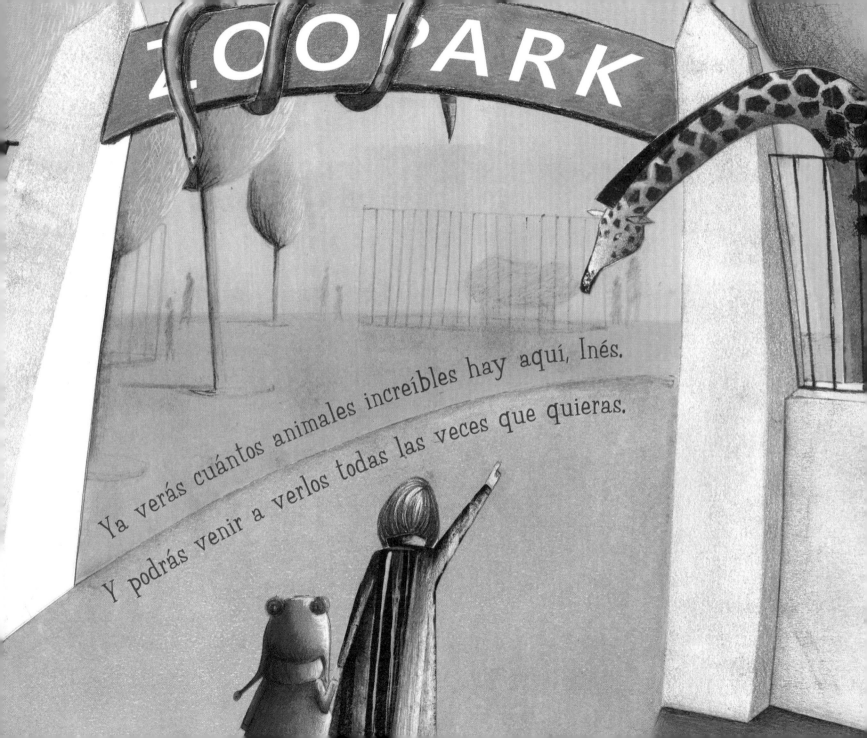

ZOOPARK

Ya verás cuántos animales increíbles hay aquí, Inés.

Y podrás venir a verlos todas las veces que quieras.

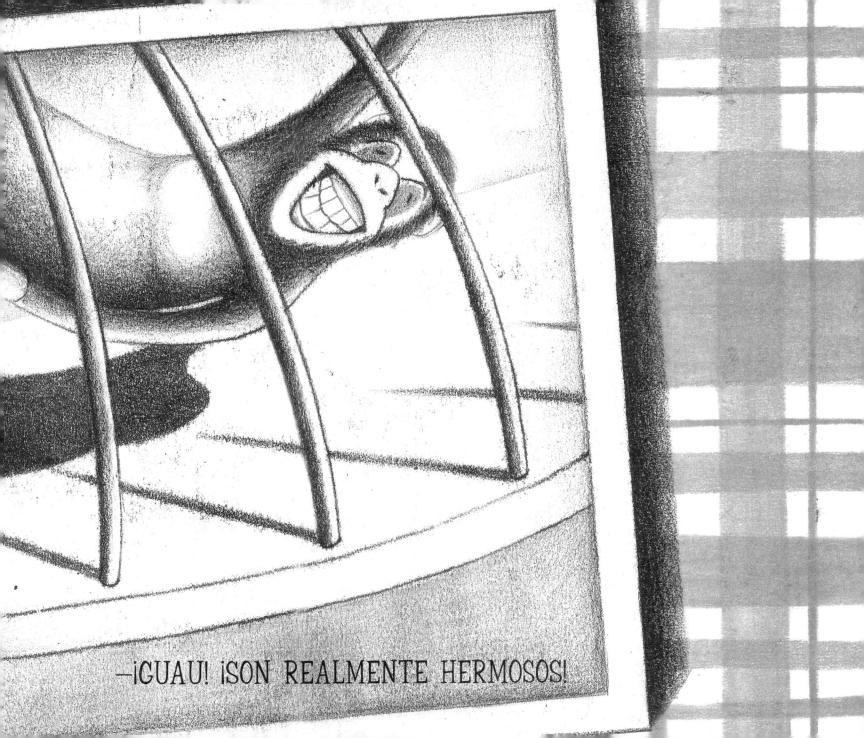

—¡GUAU! ¡SON REALMENTE HERMOSOS!

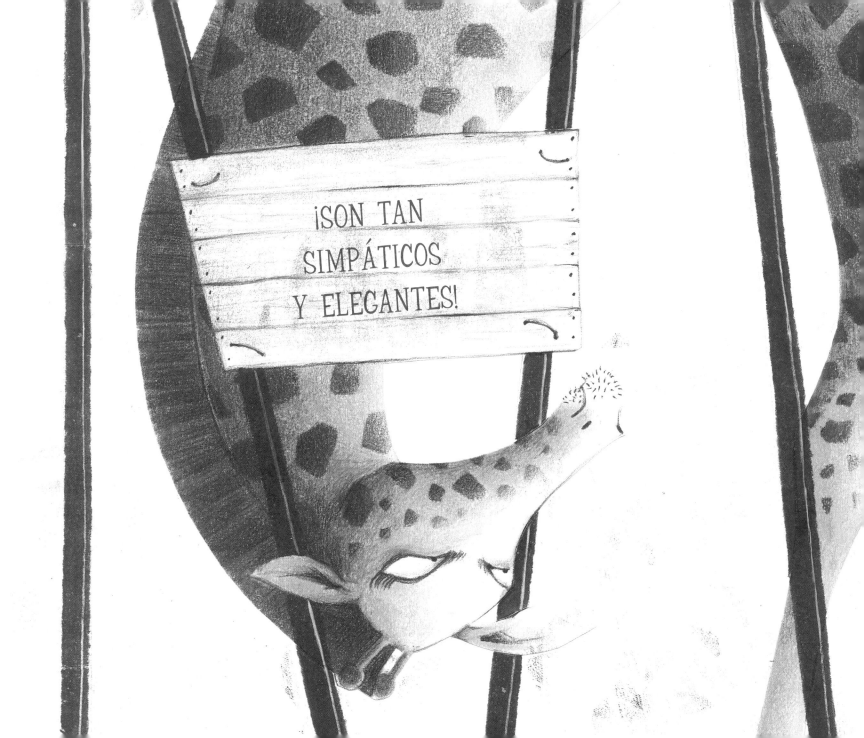

se uscita.
attenta occhiata in g
attraverso le finestre, lun
gli armadi. Mentre la
era rimasto fuori dalla porta,
anche se lo prendevo un po
mi spostavo di qua e di là lav

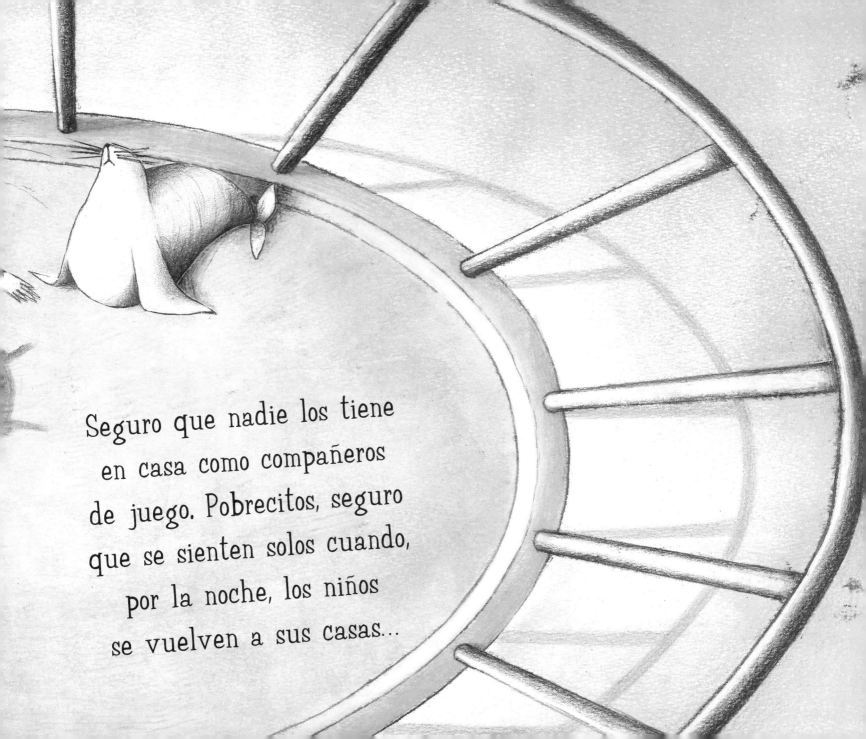

Seguro que nadie los tiene
en casa como compañeros
de juego. Pobrecitos, seguro
que se sienten solos cuando,
por la noche, los niños
se vuelven a sus casas...

Además, algunos
de ellos son útiles.
Los cocodrilos
pueden
comerse
1.000 mosquitos
de golpe.

—¡UNA AUTÉNTICA
ESCABECHINA!

Mmm...

Y están quietos todo el día,
¡Mamá no podrá decir
que necesitan comer mucho!

Y son tan grandes
que no pueden
meter nada en los enchufes.

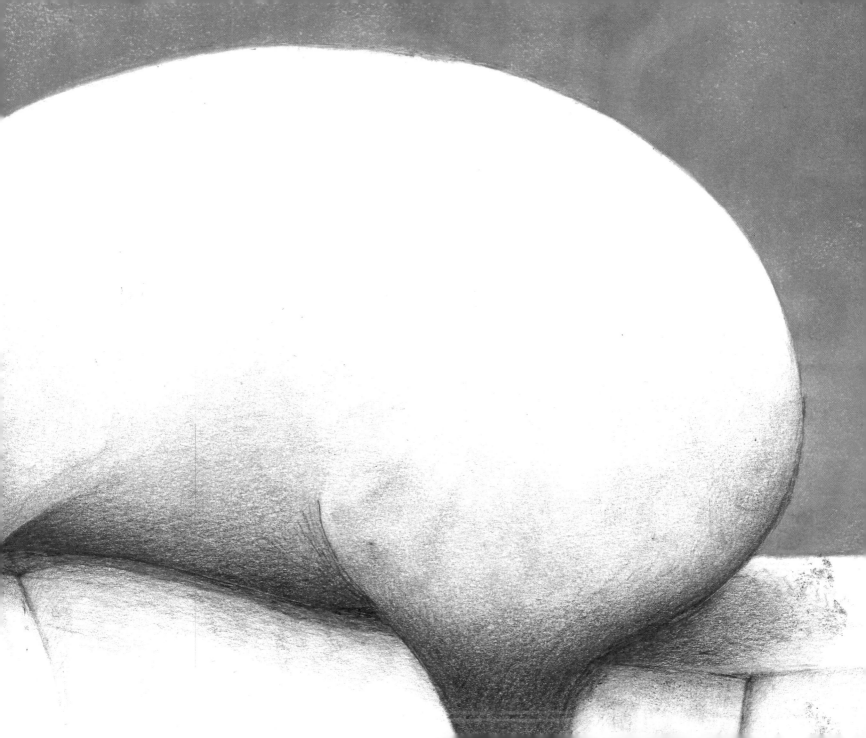

Pero, sobre todo,
¡NO SON ROJOS!

ES MÁS, TIENEN
UN FANTÁSTICO
TOQUE EXÓTICO.

ZOOPARK

Ya no quiero un perro,
un gato o un hámster.
¡Ni tampoco un pez rojo!

¡Los animales del zoo
me parecen PERFECTOS!

—¡Hola, cariño!
No hagas planes para mañana:
iremos a la protectora de animales a buscar un perro...

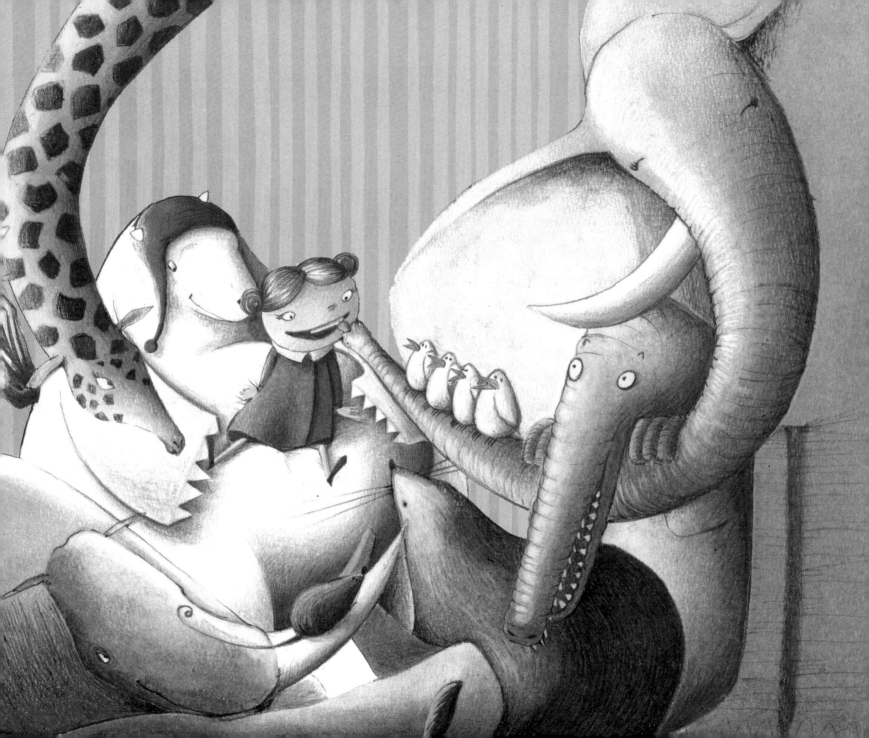